Alma Speaks Up
Alma habla

Based on the episode "Alma the Artist" by Jorge Aguirre

Adapted by G. M. King

Published by Scholastic Inc., *Publishers since 1920*. SCHOLASTIC and associated logos are trademarks and/or registered trademarks of Scholastic Inc.

The publisher does not have any control over and does not assume any responsibility for author or third-party websites or their content.

This book is a work of fiction. Names, characters, places, and incidents are either the product of the author's imagination or are used fictitiously, and any resemblance to actual persons, living or dead, business establishments, events, or locales is entirely coincidental.

ISBN 978-1-338-85008-6

10 9 8 7 6 5 4 3 2 1   23 24 25 26 27

Printed in the U.S.A.   40

First printing 2023

Book design by Ashley Vargas

Scholastic Inc.

¡Hola! My name is Alma Rivera. I'm six years old, and I live in the Bronx. Check out the art in my neighborhood with me!

¡Hola! Me llamo Alma Rivera. Tengo seis años y vivo en el Bronx.

¡Mira conmigo el arte de mi barrio!

The stores in my neighborhood all have amazing murals on their gates.
Todos los negocios de mi barrio tienen murales increíbles en sus puertas de metal.

Look! There are my friends Rafia, André, and Lucas.

They're looking at a mural together.

"Hi, Alma!" says Rafia.

¡Miren! Allí están mis amigos Rafia, André y Lucas.

Están mirando un mural.

—¡Hola, Alma! —dice Rafia.

"I love this mural. It's a masterpiece," André says.

"Hey, Rafia. What does your dad have on the gate outside his store?" I ask.

"I'm glad you asked, Alma! Follow me!" Rafia says.

—Me encanta este mural. Es una obra maestra —dice André.

—Rafia. ¿Qué tiene tu papá en la puerta de metal del negocio? —pregunto.

—Alma, ¡me alegra que preguntes! ¡Síganme! —dice Rafia.

We all walk over to the Huda family's store.

"Hey, Baba, why don't we paint a mural on our store's gate?" Rafia asks her dad.

"That's a wonderful idea, Rafia!" Mr. Huda says.

Todos vamos hasta el negocio de la familia Huda.

—Oye, Baba, ¿por qué no pintamos un mural en la puerta de metal? —le pregunta Rafia a su papá.

—Rafia, ¡qué idea tan fenomenal! —dice el Sr. Huda.

We all start shouting out ideas about what to paint.

"Spaceships!" says André.

"Cowboys!" says Lucas.

"Basketball players!" says Rafia.

Todos empezamos a decir lo que se nos ocurre pintar.

—¡Naves espaciales! —dice André.

—¡Vaqueros! —dice Lucas.

—¡Jugadores de básquetbol! —dice Rafia.

But no one's listening to
me. They're just shouting.
Should I leave?
I gotta think about this . . .
Pero nadie me escucha a mí.
Solo están gritando.
¿Debería irme?
Tengo que pensarlo...

Everybody has good ideas, but nobody is listening to each other.
Todos tienen buenas ideas, pero nadie escucha a los demás.

That doesn't feel good.
Eso no es agradable.

I know what to do! I should
stay and tell them what I think.
¡Ya sé qué hacer! Me quedaré y
les diré lo que pienso.

"Hey, everyone! We all have good ideas. What if we sketch our designs and show them to Mr. Huda?" I ask. "He can pick the one he likes best for the mural."

"Great idea!" my friends cheer.

—¡Oigan! Todos tenemos buenas ideas. ¿Y si las dibujamos y se las mostramos al Sr. Huda? —digo—. Así él podría elegir lo que más le guste para el mural.

—¡Muy buena idea! —dicen mis amigos.

We all go home to work on our designs.
At first, I have trouble thinking of what to draw.
Then André helps inspire me. I draw the view
from my window—my neighborhood!

Cada uno se va a su casa a trabajar en su dibujo.
Al principio no se me ocurre qué dibujar.
Entonces André me ayuda a pensar. Dibujo la vista
desde mi ventana: ¡mi barrio!

We show Mr. Huda our drawings.

He looks at all of them closely. Then . . .

"I pick Alma's design for our store's gate!"

My friends cheer for me.

Le mostramos los dibujos al Sr. Huda.

Él los mira detenidamente. Y entonces…

—¡Elijo el dibujo de Alma para la puerta de metal del negocio!

Mis amigos se alegran por mí.

He picked mine! Yes!
I can tell André wants to help me paint the gate,
so I ask him. He says yes!
¡Eligió el mío! ¡Yupi!
Me doy cuenta de que André quiere ayudar,
así que le pregunto. ¡Dice que sí!

We start painting. I notice that André is painting polka dots on the mural. But those aren't part of my design.

"André, can you see my design okay?" I ask.

"Yeah! I love it," he answers, but he keeps painting polka dots!

Comenzamos a pintar y noto que André está pintando lunares en el mural. Pero eso no está en mi dibujo.

—André, ¿ves bien mi dibujo? —le pregunto.

—¡Sí! Me encanta —responde, pero ¡sigue pintando lunares!

I have to distract André! So I ask him to get me a blueberry muffin.
When he goes inside the store, I paint as fast as possible.
Maybe I can finish the mural while he's gone!

¡Tengo que distraerlo! Le pido que me busque un panquecito
de arándano.

Cuando él entra a la tienda aprovecho para pintar de prisa.

¡A lo mejor puedo terminar el mural antes de que regrese!

When André comes back, he gives me a brownie,
even though I asked him to get me a blueberry muffin.
André regresa y me da un brownie, aunque le pedí que me
trajera un panquecito de arándanos.

"Oh. Sorry! I got you a brownie instead. They're so good!"

"I like brownies, but I asked for a blueberry muffin," I tell him.

I go inside to get one.

—¡Ay, lo siento! Te traje un brownie. ¡Es que están muy ricos!

—Me gustan los brownies, pero te pedí un panquecito de arándanos

—le digo. Entro a la tienda a buscar uno.

When I come back outside—oh no! André is painting space hippos
and chinchillas all over my design!
I gotta get André to stop changing my design, but how?

Al salir veo que, ¡ay, no! ¡André está pintando hipopótamos y chinchillas
espaciales por todo el mural!
Tengo que decirle que no cambie más mi dibujo, pero ¿cómo?

I know! I gotta speak up! Like I did last time.

¡Ya sé! ¡Tengo que hablar! Como hice la última vez.

"André, your design is way, way, way great, but this is my design. If you want to add something to it, just ask first," I say.

"Got it! I hear you," André says.

—André, tu dibujo es muy, muy, muy bueno, pero este es mi dibujo. Si quieres añadir algo, pregúntame —le digo.

—¡Entendido! —dice André.

André and I keep painting. This time, we both follow my design.
When we finish, André says, "This looks great, but I think it's missing
something. Your friends!"
"Yes!" I say. Together we paint ourselves onto the mural.

André y yo seguimos pintando. Está vez ambos seguimos mi dibujo.
—Luce genial —dice André cuando terminamos—, pero creo que le
falta algo: ¡tus amigos!
—¡Sí! —digo. Entre los dos nos pintamos a todos en el mural.

The mural is finally finished! I love it.
And so does everyone from the neighborhood.

¡El mural está terminado! Me encanta.
También les gusta a todos en el barrio.

It's the view from my window. My friends, our neighborhood.

Es la vista desde mi ventana. Mis amigos, mi barrio.